단지 그것을 위한 베개

단지 그것을 위한 베개

김혜빈 소설

교유서가

차례

단지 그것을 위한 베개
007

배추밭에 얼굴을 묻을 때
043

해설 | 변두리 헤테로토피아
이소(문학평론가)
077

작가의 말
086

단지 그것을 위한 베개

처음 새 베개를 사자고 한 것은 용인이었다. 다희는 별 고민 없이 용인의 의견에 찬성했고 구나는 '2+1 행사' 광고 문구에 넘어가 결제를 허락했다. 그러므로 세 사람이 베개를 구매한 건 단순히 용인의 충동구매 때문이라기보다는 자기주장이 센 용인을 모른 체하는 다희와 불황형 마케팅에 넘어간 구나의 탓이 컸다.

"새로 산 베개 반품할래. 너희 생각은 어때?"

용인이 아이스크림을 먹으며 물었다. 베개가 배송된 지 나흘이 되지 않은 시점이었다. 다희와 구나는 화장실 청소 당번을 새로 정하다 말고 고개를 들었다. 구나는 어떻게 쓰던 물건을 반품할 수 있는지 의아해했다. 용인이 베개와 함께 온 안내서를 내밀었다.

"여기 적혀 있어. 상품에 만족하지 않을 시 1주일 안에 무조건 반품 가능하다고."

"상품에 만족하지 않을 시라잖아. 너 그 베개 편하다며."

"편하긴 한데 자꾸 새벽에 깨. 이상하잖아. 원래 안 그랬어."

구나는 부루퉁했다. 베개는 구나의 계정으로 시킨 물건이었다.

"몰라. 반품 안 해. 난 블랙컨슈머 되기 싫어."

그래도 용인은 뜻을 굽히지 않았다. 새벽에 깨는 것만이 문제가 아니었다. 잠에서 깬 뒤에는 눈을 뜬 채로 아침이 오기만을 기다리다가 아랫집 할머니가 트는 클래식 음악 소리에 놀라 편두통을 겪기 일쑤였다. 음악을 트는지도 모르고 숙면했던 과거가 거짓말 같았다. 최근 들어 변한 것이라곤 없으니 불면증이 재발한 건 아무리 생각해도 새로 바꾼 베개 때문이었다. 용인은 오늘만이라도 다른 베개를 쓰기 위해 이불장을 뒤적였으나 장 안에는 여름용 홑이불과 손님용 토퍼만이 가득했다.

"내가 이전에 쓰던 베개 어떻게 했어?"

"진작 버렸지. 또 시작이야?"

평소에는 쓰지도 않던 물건을 버리고 난 뒤에야 찾는 건 용인의 버릇이었다. 함께 살기 시작한 이후로 용인은 내내 그랬고 구나는 그때마다 새 쓰레기봉투가 아깝다고 불평했다. 멀쩡한 물건을 없애느라 2주일은 썼을 봉투를 1분도 안 돼서 내다 버리다니, 용납할 수 없는 일이었다. 용인은 용인대로 어차피 버릴 봉투인데 뭐가 아깝냐고 응수했다. 지구와 환경, 낭비라는 단어가 오가는 와중에 다희가 입을 열었다.

"낭비는 아니야. 아랫집 할머니가 베개 가져갔거든. 내가 봤어."

"할머니가 내 베개를 왜?"

"몰라. 쓰고 싶었나보지."

다희는 완성한 청소 당번표를 단체 채팅방에 전송했다.

"자기 차례 꼭 지켜."

다희가 당부했다. 구나와 용인은 고개를 끄덕였다. 그들은 함께 산 지 아직 3개월 차였다. 세 사람에게는

늘 질서가 필요했다.

*

지타는 의자에 앉아 체크무늬 식탁보를 들여다보았
다. 며칠 전 재봉틀로 직접 단 레이스는 군데군데 수평
이 맞지 않았다. 요새는 무슨 일을 해도 이런 식이었
다. 돋보기를 써도 초점이 맞지 않아 수고를 들인 일도
어설프게 마무리됐다. 그나마 클래식 연주가 위안이
돼주었다. 오래된 CD플레이어를 트는 간단한 일이었
지만, 일상을 여는 연주 소리를 듣다보면 어느새 여명
이 텄다.

지타는 정원에 길게 내리쬐는 붉은빛을 통해 그날
하루를 살아갈 힘을 얻었다. 유달리 마음을 울리는 연
주곡이 생긴 것은 또다른 기쁨이었다. 제목은 기억하
지 못하지만 첫 음을 듣기만 해도 그 곡이라는 것을 바
로 알 수 있었다.

익숙한 도입부가 들려오길 기다리다 말고, 지타는
최근 시작한 SNS에 접속했다. 이때까지 올린 게시물은
단조로웠다. 추위를 이기고 새순을 틔워낸 꽃들, 떠오

르는 태양, 김이 오르는 찻잔 사진 따위였다. 팔로워 보다는 팔로잉이 많았다. 며칠 사이 변화가 있다면 한 남자가 꾸준히 좋아요 버튼을 누르고 간다는 사실이었다.

남자의 이름은 대니였다. 한국계 미국인인 그는 지타보다 스무 살은 어렸고 직업은 비행기 조종사였다. 대니는 지타에게 DM을 보내 자기가 어디 사는 누구인지 설명했다. 그가 서툰 한국어로 지타의 정원을 칭찬한 게 시작이었다. 대니는 이따금 아침 인사를 보냈다. 지타는 단 한 번도 답장한 적 없었으나 아침에 일어났을 때 그가 남겨둔 연락이 없으면 실망했다.

지타는 추천 게시글에 뜬 외국 정원 사진들에 일일이 좋아요 버튼을 눌렀다. 버튼을 누를 때마다 비슷한 게시글이 생성됐고, 지타는 덕분에 아침을 지루하지 않게 보낼 수 있었다. 미국이나 캐나다, 유럽의 독특한 건물들과 이국적인 자연경관을 보고 있노라면 마음이 들떴다. 올해엔 정말로 해외여행을 가보겠다는 은밀한 소망을 품을 만큼.

패키지가 싸겠지만 가능하면 자유여행을 갈 것이다. 구청에서 스마트폰 활용법을 교육받은 이후로 지타는 무서울 게 없었다. 그러나 해외를 혼자 돌아다니는 건 단순히 휴대폰을 조작하는 것과는 또다른 일이었다.

머릿속으로 남편의 남은 연금을 셈하는데, 정원 사진 아래로 익숙한 베개 광고가 떴다. 목을 편안하게 해준다는 기능성 베개는 푹신해 보였다. 하나만 사기에는 4만 원에 가까운 가격이라 비쌌고, 두 개를 사면 값은 거의 8만 원이었지만 덤으로 베개 하나가 더 왔다. 이상한 계산법이라고 생각하면서도 하나만 사는 건 어쩐지 손해를 보는 거 같았다. 하지만 여자 혼자 사는 집에 베개를 여러 개 둬야 할 이유가 있을까?

지타는 남편이 죽은 후로 집에 들이는 물건은 단품만을 고집했다. 당연한 것처럼 두 개를 묶음으로 팔고 있어도 둘 중에 꼭 하나만, 대개 크기가 좀더 작고 색이 화려한 쪽을 택했다. 최근에 산 욕실 실내화와 수저도 두 벌을 함께 사야 싸다는 직원의 말을 무시하고 얻어낸 것들이었다. 가끔은 덤으로 주는 물건이 있어도 사양했다. 온전히 자기만의 취향으로 꾸민 집에서 산다는 건 행복한 일이었다. 절제와 겸양이 주는 기쁨 역시 컸다. 그러니 아무리 마음에 들어도 똑같은 베개를 세개나 사지는 않을 것이다.

지타는 언젠가 베개 회사에서 단품을 팔기를 기대했다. 어찌됐든 베개는 살 것이다. 침실 분위기에 맞게 심플하고 모던한 느낌으로. 거기에 목을 보호하는 기능까지 있다면 사지 않을 이유가 없었다. 얼마 전에 비슷한 베개를 누가 내다 버렸기에 주워 써보기도 했지만 불편하고 찝찝해 하루도 되지 않아 다시 버려버렸다.

지타는 SNS에서 본 광고 링크가 지워지지 않도록 조심하며 CD플레이어 소리에 귀를 기울였다. 낯익은 첫마디가 들려왔다. 지타는 CD케이스를 뒤집었다. 그 곡은 드보르자크의 〈첼로 협주곡〉이었다.

*

거실이 넓게 빠진 투룸을 본 순간 용인과 다희와 구나는 이 집이라고 생각했다.

이 집이다. 지금 가지고 있는 예산으로는 이보다 더 좋은 집을 얻기는 힘들다.

오래된 다세대주택이었지만 내부는 깔끔했고 1층에는 조용해 보이는 할머니 한 명만이 살고 있었다. 주인이 한집에 살지 않는 것도 장점이었다. 부모님의 도움으로 가장 많은 보증금을 낸 용인이 자연스레 큰방을 차지했다. 거실에 커튼을 쳐 공간을 분리한 곳은 배려심 많은 다희가 자진해 택했다. 남은 작은방은 자연스레 구나의 차지가 되었지만 구나는 작은방이 마음에 들지 않았다. 남쪽으로 창이 난 큰방이나 거실과 달리 작은방은 북서향이라 볕이 잘 들지 않고 항상 서늘했다.

"아무래도 매년 방을 바꿔야겠어."

"그럼 돈부터 가져와."

"약속했다. 딴말하지 마."

용인은 어깨를 으쓱였다. 구나에게 갑자기 돈이 생길 일은 없었기에 약속은 쉬웠다. 구나와 용인, 다희의 계좌 잔고는 항상 비슷했다. 그건 그들이 친구가 될 수 있는 수많은 이유 중 하나였다. 각자의 고향을 떠나 서울의 한 대학에서 만난 뒤 내내 우정을 이어오던 그들은 결혼 생각이 없다는 데에 마음이 일치하자 별 고민 없이 한집에 살기로 결심했다. 모두 사회생활을 시작하며 한 번씩 죽도록 아파본 적이 있었고, 그때마다 회사에 반차를 내고 서로를 도와야 했기에 각자의 안녕을 위해서라도 한집에 사는 게 맞는 일이라고 여겼다.
다희가 저녁식사 당번표를 짜다 말고 용인을 보았다.

"그래서 결국 베개는 환불했어?"

"응. 하나만 환불해준대."

"아, 그러면 내 베개도 같이 보낼걸."

다희는 아쉬워했다. 용인이 불편하다고 말해서인지
는 몰라도 다희 역시 요새 잘 때마다 목덜미가 뻣뻣했
다. 구나는 기분 탓이라고 일축했다. 다희는 베개를 가
져와 소파 침대 아래에 두었다. 안타깝게도 베개 회사
가 무조건 환불해준다던 보증기간은 이미 지나 있었
다. 다희마저 새 베개에 흥미를 잃은 듯하자 구나 역시
자기 베개를 슬그머니 가져와 거실에 내려놨다. 홀로
고집해서 쓸 만큼 베개에 애정은 없었다.

"그럼 이거 그냥 중고로 팔까? 홀수보다는 짝수가
안정적이잖아."

"그래, 두 개 세트로 팔면 잘 팔릴 거야."

다희가 동조했다. 용인은 이제 자기와는 상관없는
일이기에 거실에 드러누웠다. 구나와 다희는 각자가
이용하는 중고 거래 사이트에 들어가 베개 시세를 파
악했다. 베개 회사가 광고에 돈을 쏟아붓고 있는 지금

이 물건을 팔 수 있는 적기였다. 그사이 용인은 다른 광고에서 본 베개를 구나와 다희에게 보여주었다. 구나는 베개 가격을 확인하곤 깜짝 놀랐다. 처음 주문했던 베개보다 값이 세 배는 더 비쌌다.

"베개를 또 사? 돈 없다며."

"나 이번 일로 깨달았어. 역시 가성비가 중요한 게 아니야. 우리 나이 때에는 마음을 채워야 해."

용인은 베개를 고민 없이 주문했다. 다희는 중고 거래 앱에 찍어둔 베개 사진을 등록했다. 답장이 오길 기다리는 동안 세 사람은 함께 일요일 저녁을 준비했다. 요리와 설거지를 나누어 처리하는 사이 아랫집에서 클래식 음악 소리가 들렸다. 평소라면 음악이 들리지 않을 시간이었다. 그들은 신경쓰지 않기 위해 노력했다. 셋은 어쨌거나 함께였고 저녁식사를 만드는 일이 아직은 번거롭지 않았다.

*

다음날, 지타가 월요일 아침 미사를 마치고 집으로 돌아왔을 때 1층 대문은 열려 있었다. 공용으로 쓰기에 항상 잘 닫혀 있는지 주의해야 하는 문이었다. 또 이런 일이 일어나다니 믿을 수 없었다.

지타는 위층에 젊은 여자 세 명이 막 이사왔던 때를 떠올렸다. 그때는 대문이 열려 있는 게 일상이었다. 집에 있다가도 밖으로 나와 문이 잘 잠겨 있는지 단속해야 할 정도로 새로 이사온 여자들은 부주의했다. 어느 날 지타는 2층 계단을 따라 올라가는 한 여자를 붙들었다.

"문을 왜 자꾸 열고 다녀요?"

"무슨 문요?"

여자는 무슨 말인지 이해가 가지 않는 듯했다. 계단 위는 어두웠지만 여자의 날선 말투를 통해 표정을 짐작할 수 있었다.

"대문이요. 그러다가 누가 들어오면 어쩌하려고."

"저희는 잘 닫아요. 할머니야말로 항상 열고 다니시잖아요. 아침에 잠도 못 자게 음악까지 틀면서."

여자는 지타를 책망했다. 계단을 마저 올라간 여자가 현관문을 열 때까지 지타는 선 자리에서 꼼짝하지 못했다. 여자가 문을 닫고 나서야 굳어 있던 몸이 풀렸다. 여자의 태도가 하도 당당해 지타는 정말 자기가 대문을 열고 다녔던 건 아닌지 잠시 의심했다. 하지만 아니었다. 분명 지타는 문을 잘 닫았다. 모든 건 여자들이 이사오면서부터 벌어진 일이었다.

화가 난 지타는 2층 여자들을 멀리하기 시작했다. 워낙 계단이 어둡기도 했고, 세 여자 모두 거기서 거기인 생김새라 한밤중 대화했던 여자가 누구인지는 알아내지 못했다. 그래서 지타는 세 명 다 무시하기로 했다. 어쩌다가 그들 중 하나가 먼저 인사를 해와도 받아주지 않았다. 그러다보니 관계는 저절로 소원해졌고 처음 품었던 불편한 감정은 홀로 있는 저녁이면 분노로 변했다가 알아차리지 못하는 사이 적개심으로 커졌다.

돌이켜 생각해보아도 대문을 닫지 않는 버릇이 자기 때문이라는 건 말이 되지 않았다. 문을 잘 닫았는지 확인하느라 미사에 늦을 때도 잦았다. 그래도 지타는 혹시나 하는 마음에 문을 더 꼼꼼히 단속했다. 윗집 여자들 역시 알게 모르게 주의를 기울였는지 한동안 대문이 열려 있는 일은 없었다. 그런데 오늘, 굳게 닫혀 있어야 할 대문이 다시 열린 것이다.

지타는 한 뼘 남짓한 틈을 쏘아보다가 집안으로 들어갔다. 익숙하게 외투를 벗고 손을 씻는 사이 3개월

전에 들었던 윗집 여자의 목소리가 생생히 떠올랐다. 아침에 잠도 못 자게 음악까지 틀면서. 그래, 그 부분이 문제였다. 지타는 오늘 대문이 열려 있던 게 윗집 여자들의 실수가 아니라 뒤늦은 복수일 거라고 짐작했다.

어젯밤, 처음으로 제 돈을 주고 산 와인 탓인지 지타는 자제력을 잃었다. 일요일 저녁을 방해하는 수다 소리와 맛있는 음식 냄새를 견디기가 어려웠다. 음악 소리가 시끄럽지 않을까 걱정했지만 시끄러운 건 윗집도 마찬가지였으니 마음놓고 〈첼로 협주곡〉을 만끽했다. 시간이 지나도 딱히 항의하러 오는 기색이 없자 지타는 볼륨을 높였다.

술에 취한 지타는 와인잔과 CD케이스를 찍어 SNS 계정에 올렸다. 일흔이 곧이지만 지타는 자기가 할머니 소리를 듣기에는 여전히 젊다고 생각했다. 더 나이든 동네 노인들이 젊은 척하는 것도 정도가 있다고 욕해도 지타는 신경쓰지 않았다. 같이 늙어가던 남편이 죽었을 땐 앞으로 어떻게 살아야 할지, 일흔에 가까운 여자답게 사는 건 무엇인지 재정의해야 했으나 지금은 아니었다. 지타는 살아오면서 단 한 번도 자기를 위해

산 적이 없었고 자기를 위해 산다는 게 무엇인지 이제
조금씩 알아가는 중이었다. 아이가 생기지 않은 건 긴
결혼생활의 유일한 축복이었다.

지타는 잔을 빠르게 비웠다. 파리, 혹은 뉴욕, 런던
이나 베를린도 좋았다. 지타는 가고 싶은 도시를 열심
히 검색했다. 그때 홋카이도의 눈부신 설원이 지타의
마음을 사로잡았다. 여행사에서는 2박 3일 동안 삿포
로의 민가를 빌려줄 테니 현지인들처럼 살아보라고 광
고하고 있었다. 지타는 민가에 산다고 해서 정말 그곳
사람들처럼 살 수 있을지 궁금했다. 고작 사흘을 머무
는 걸 산다고 할 수 있나. 그런데 또 그게 사는 게 아니
라면 무엇일까? 하루를 머물러도 정말 사는 것처럼 사
는 사람이 있기 마련이고, 지타는 자기가 그런 특별한
사람 중 하나일 거라고 믿었다.

지타는 삿포로의 풍경에 점차 빠져들었다. 꼭 홋카
이도가 아니어도 하반신이 파묻힐 만큼 눈이 높이 쌓
인 곳으로 놀러가고 싶었다. 선글라스도 잊지 말고 챙
겨야 했다. 흰 눈을 오래도록 보면 시력을 잃을 수 있으
니까. 설맹증에 관한 이야기는 생전에 산행을 좋아하
는 남편에게서 처음 들었다. 그는 설원을 감상하다가

그대로 영영 시력을 잃고만 먼 친척의 이야기를 들려주었고, 며칠 뒤 얼어붙은 산을 오르던 중 발을 헛디뎌 죽었다.

지타는 눈을 보다가 시력을 상실하는 건 어딘가 아름다운 일이라고 여겼으나 설산을 무리하게 오르다가 목숨을 잃는 건 개죽음이라고 생각했다.

나는 그렇게 죽지 않아. 차라리 눈이 멀고 말지. 설원에서 눈이 멀지언정 허무하게 죽지는 않겠어.

지타는 다짐했다. SNS에 메시지가 도착했다. 대니였다. 여러 나라를 자유롭게 쏘다니는 젊은 남자 파일럿이 지금 혼자 술을 마시는 거냐고 묻고 있었다. 평소라면 무시했을 테지만 지타는 키패드를 두드렸다. 와인과 해외에 대한 열망, 설원이 뒤섞였다. 대니와의 대화는 새벽까지 이어졌다.

*

"아랫집 할머니한테 베개 달라고 하면 다시 돌려줄까?"

10만 원이 넘는 베개를 쓴 지 닷새째, 용인은 출근

준비중인 구나와 다희를 붙들고 물었다. 비싼 값을 치르고 산 베개였지만 용인의 불면증은 날이 갈수록 깊어지고 있었다. 다희는 차라리 병원에 가보라고 했다. 쓰던 베개를 되찾는 것보다 의사를 만나는 편이 더 빠를 텐데도 용인은 값싼 해결책을 원했다.

"내가 지금 힘든 건 베개가 맞지 않아서야. 그걸 약으로 어떻게 고쳐."

"그 베개 때문에 불면증 생긴 거 같다며."

"이제 보니까 그 베개 썼을 때 가장 잘 잤던 것 같아."

말은 그렇게 했지만 정말 그랬는지는 용인도 확신하지 못했다. 구나가 선심 쓰듯 물었다.

"차라리 우리 베개 가져다 쓸래?"

"이미 너희 것도 다 베봤어. 그런데 아냐. 내가 쓰던 게 필요해."

세 사람은 결국 아무 결론도 내리지 못하고 출근했다. 회사는 각기 다른 지역에 있었으나 이용하는 정류장이 같았다. 구나는 아랫집 할머니가 베개를 가져갔다고 순순히 실토하지 않을 거라고 했다. 중고 거래 사이트에서는 오늘도 별다른 반응이 없었다. 구나가 다희의 곁에 섰다.

"너는 연락받은 거 없어?"

"베개 한 개만 사겠다는 사람들은 있었어. 두 개 다
팔고 싶은데."

"그냥 한 개씩 팔까?"

"안 그래도 다시 메시지 보냈는데 답장이 안 와."

다희와 구나는 골칫덩이인 베개를 어떻게 처리할까
고민하다가 용인을 탓하기 시작했다. 용인은 억울해했
다. 누가 처음 일을 벌였고 누가 동조했는지 잘잘못을
따지는 시간이 흘렀다. 정류장에서 버스를 기다리는
사이 다희의 휴대폰이 울렸다.

새로운 구매자에게서 온 연락이었다. 구매자는 오늘
저녁에 베개를 살 수 있느냐고 물었다. 구나와 용인이
다희의 등뒤로 달라붙었다. 다희는 오늘 저녁에 바로
거래할 수 있다고 답장했다. 거래 장소를 어디로 정해
야 할지가 문제였다. 구나가 구매자가 사는 동네를 확
인하기 위해 그의 프로필 버튼을 눌렀다.

"D동이면, 우리 동네잖아?"

용인이 말했다. 다희는 구매자가 판매했던 물품들을
확인했다. 대부분이 남자 물건이었고, 아직 판매중인

물건도 많았다. 그중 화분 몇 개가 눈에 익었다.

"이거 아랫집 할머니 거 아냐?"

다희가 물었다. 구나는 의혹에 동의했다. 용인도 구매자가 팔고 있는 화분들을 오늘 1층 대문 옆에서 보았다고 증언했다. 아랫집 할머니로 추정되는 구매자는 베개 두 개를 모두 사고 싶어 했다. 다희가 거래 장소를 밝혔다. 말이 없던 구매자는 오늘 몇 시쯤 거래할 수 있느냐고 되물었다. 세 사람이 집으로 돌아오는 시간은 저녁 8시쯤이었다. 다희는 아랫집 할머니와 말다툼을 한 적이 있으니 거래에서 빠지겠다고 했다. 용인과 구나가 남았다. 두 사람은 더 빨리 퇴근하는 쪽이 베개를 거래하기로 합의했다.

구매자는 9시에 만나자는 말을 끝으로 사라졌다. 구나와 용인과 다희는 회사에 가기 위해 버스에 올라탔다. 아랫집 할머니에 대한 감상은 각자 달랐으나 일상에 소소한 에피소드가 더해졌다는 데에는 이견이 없었다.

*

지타는 그냥 베개를 사지 말까 했다. 눈여겨보던 베개가 싼값에 중고 거래 앱에 올라와 무턱대고 산다고 나선 게 문제였다. 베개를 파는 사람이 윗집 여자들일 줄은 몰랐다. 물론 아직은 추측에 불과했지만 콕 집어 이 집의 주소를 말한 걸 보아하니 윗집 여자들일 확률이 높았다. 그래도 꼭 갖고 싶은 베개였고 거의 새 상품이나 다를 바 없는 물건을 2만 원도 안 되는 가격에 살 수 있는 기회는 흔하지 않았다.

지타는 집안을 서성이다가 부엌에 앉았다. 오늘은 식탁보에 잘못 단 레이스를 다시 달 예정이었는데 대니와 대화하다보니 하루가 가고 말았다. 그가 자란 미국 서부의 따뜻한 풍경이 아직도 눈앞에서 그려지는 듯했다. 대니는 어렸을 때 자전거에서 내려오고 싶지 않아 장을 보러갔을 때도 마트 밖에서 엄마가 돌아오기만을 기다렸다고 했다. 아버지는 엄격했지만 자상한 남자로 대니가 사춘기를 지날 무렵엔 좋은 본보기가 되었다고도.

대니가 보내준 사진 속 일몰은 한국에서 본 그 어떤

풍경보다도 아름다웠다. 지타는 신비로운 서부 해안가를 실제로 보고 싶었다. 처음 계획했던 설원 여행은 뒷전이었다. 지타의 궁금증을 눈치챈 대니는 선뜻 지타에게 비행기표를 주겠다고 했다. 그는 자기가 부기장이긴 해도 직항 노선 티켓을 얻어주는 건 어렵지 않다고 말했다. 그게 바로 몇 시간 전의 일이었다.

지타는 그런 수고를 끼칠 수 없다고 했지만 대니는 강경했다.

─당신이 궁금해서 그래요. 취향이 맞는 건 쉽지 않은 일이잖아요. 거기다, 당신처럼 이름이 예쁜 한국인은 처음 봤어요.

대니는 서툴지만 천천히 진심을 쏟아냈다. 지타는 놀란 나머지 SNS 창을 껐다. 진동이 멈추지 않았다. 지타는 홀로 떨고 있는 휴대폰을 보며 설명할 수 없는 만족감을 느꼈다. 지타는 대니의 마음을 단념시킬 생각으로 나이를 솔직히 밝혔다. 얼굴이 흐릿하게 찍힌 사진도 보내주었다.

─난 당신보다 많이 늙었어요. 할머니예요.

하지만 대니는 고민하지 않고 답장했다. 전혀 늙지 않았고, 할머니라고 부르기엔 말도 안 되게 젊다고. 그

건 지타가 원했던 답변이었다.

대니는 2주일 뒤에 LA로 올 수 있는 비행기표가 남아 있다고 했다. 물론 남아 있다고 해서 자리가 갑자기 사라지지 않을 것이라는 보장은 없었다. 미국은 누구나 가고 싶어 하는 나라였다. 이 순간에도 비행기표를 얻기 위해 누군가는 애쓰고 있을 것이다. 지타는 너무 급작스러운 여행이지 않은가 고민했지만 몇 년 동안 품어왔던 해외여행에 대한 소망이 걱정을 이겼다. 무엇보다 혼자 여행을 준비하지 않아도 된다는 점이 매력적이었다.

지타는 대니에게 미국 여행을 준비하려면 무엇이 필요한지 물었다. 대니는 잠시만 시간을 달라고 했다. 지타는 대니의 답변을 기다리며 식탁보에 달린 레이스를 손으로 뜯었다. 이번에 새로 사려던 목욕 가운은 세트로 살 생각이었다. 큰 의미는 없었다. 마음이 시키는 대로 행한다. 그것만이 정답이었다.

*

당일에 잔업이 생길 거라고 예상한 사람은 아무도

없었다. 구나와 용인은 8시를 훌쩍 넘긴 뒤에야 버스에 올라탔다. 가장 먼저 출발한 다희 역시 아직 퇴근 버스에 갇혀 있었다. 다희는 혹시 자기가 먼저 집에 도착한다고 해도 아랫집 할머니와 홀로 거래하는 건 껄끄럽다고 했다.

구나는 베개를 해치우기 위해 최대한 빨리 가겠다고 약속했다. 용인은 처음과 달리 흥미가 떨어진 상태였다. 베개를 굳이 팔지 않아도 집에 놔두면 손님용으로 쓰거나, 다리가 저릴 때 받침대로 쓰는 등 나름대로 용도를 찾을 수 있을 거라고 주장했으나 받아들여지지 않았다.

─의미 없는 물건 두는 건 이제 안 하기로 했잖아. 계속 똑같이 살 거야?

용인과 구나는 할말을 잃었다. 그들이 함께 살기 시작한 이유는 단순했지만 함께 살기를 지속하고 있는 이유는 복잡했다. 세 사람은 인정하고 싶지 않아도 서로의 버팀목이었고 삶의 형태를 함께 빚어가고 있었다.

─같이 살면 달라질 거라며. 안 쓰는 물건은 바로 정리하고, 배달 음식도 줄이고, 운동도 열심히 하자고 했

잖아. 우리 셋 중에 제대로 실행하고 있는 사람 있어? 또 아무것도 안 하다가 늙을 거야?

　─하고 있잖아. 집도 같이 찾고, 마음도 챙기고.

　─넌 조용히 해, 이용인. 너 오늘 또 새 베개 찾아봤지?

　용인은 다희의 질문에 답장하지 않았다. 관대할 때는 관대하고 똑 부러질 때는 똑 부러지는 다희가 갑자기 참아왔던 말을 쏟아내면 입이 열 개라도 할말이 없었다. 구나는 다희가 화를 낼 때 으레 그렇듯 야식을 제안했다. 다이어트중이라는 싸늘한 답변이 돌아왔다. 용인은 스트레스를 참은 채로 잠드는 것보다 기분 좋게 잠드는 게 건강에 좋을 거라고 했다. 다희는 잠시 망설였다. 구나는 집 앞에 새로 생긴 족발집 리뷰를 채팅방에 보냈다. 버스는 계속 앞으로 나아가고 있었다. 20분 뒤, 다희는 버스에서 내리면 족발을 포장하러 가겠다고 했다.

*

　지타는 대니가 말한 계좌로 3백만 원을 송금했다. 구

청에서 인터넷뱅킹 이용법을 배우긴 했으나 실제로 써본 건 처음이었다. 은행 앱을 사용하는 건 남편조차 버벅거리던 일이었다. 지타는 뿌듯한 얼굴로 여행 경비를 꼼꼼히 계산했다. 비행기표는 대니의 파일럿 신분을 이용해 공짜로 예약할 수 있었지만 미국 여행에 필요한 비자를 얻고 지타가 1주일간 머물 거처를 찾는 데에는 제법 큰돈이 필요했다.

지타는 너무 싼 숙소를 잡을 필요는 없다고 했으나 대니는 지금은 이것으로 충분하다고, 만약 급한 상황이 생기면 다시 연락하겠다고 했다. 대니는 내내 그랬듯이 지타를 안심시켰다.

— 일이 잘못되면 언제든지 취소할 수 있으니 걱정하지 말아요.

곧 비행이 코앞이라던 그는 마지막 메시지를 끝으로 사라졌다. 지타는 대니가 사진으로 보내준 비행기표를 싱숭생숭한 마음으로 살폈다. 표에는 2주일 뒤의 날짜가 적혀 있었다. 성당 식구들에게 이 사실을 어떻게 알려야 할까. 미국에 사는 친구를 만나러 간다는 말이면 충분할 것이다. 멋진 일이었다. 언제나 이런저런 이유로 당분간 성당에 나오지 못할 거라고 이야기하는 이들을 지켜보기만 했는데, 이제는 지타가 떠날 차례였다.

지타는 9시가 되기만을 기다렸다. 대니의 연락이 오기까지는 몇 시간이 걸릴 것이다. 비행기는 한번도 타본 적 없었지만 일하는 남자들을 귀찮게 했을 때 어떤 취급을 받게 되는지는 잘 알고 있었다. 지금 시급한 문제는 베개 구매였다.

지타는 인내심 있게 판매자의 연락을 기다렸다. 9시 10분이 돼서야 연락이 왔다. 퇴근이 늦어져 아직 집에 도착하지 못했으니 조금만 더 기다려달라는 내용이었다. 지타는 대문 앞으로 나가 골목길을 서성였다. 지나치는 사람 하나 없었다. 거리는 고요했다.

대문은 일부러 열어뒀다. 기다리고 있다는 걸 알리기 위해서였다. 바람이 한차례 불었다. 계단 아래에 서 있으려니 문이 덜컹거리는 소리가 들렸다. 지타는 2층 현관문을 응시했다. 잘못 본 것이 아니라면 2층 현관문은 열려 있었다. 세 여자 중 한 명이 이미 집에 도착해 있던 걸까? 대니의 연락을 기다리는 동안 바깥소리에 전혀 신경쓰지 않았으니, 기척을 눈치채지 못했다고 해도 이상하지 않았다.

겉옷을 입지 않아 체온이 빠르게 떨어졌다. 지타는 고민하다가 2층 계단을 따라 올라갔다. 주인 부부가 여기서 살았을 때만 해도 이 계단을 자주 오르내렸다. 그들이 요양원에 가고 아들이 세를 받기 시작하며 많은 것이 변했다.

지타는 초인종을 눌렀다. 안에서는 대답이 없었다. 혹시 씻느라 초인종 소리를 듣지 못한 걸까? 문틈은 여전히 손가락 한 마디 남짓 열려 있었다. 문을 슬쩍 열어보는 것 정도는 문제가 되지 않을 거 같았다.

지타는 망설인 것도 잠시 현관에 들어섰다. 남의 집에서 느껴지는 특유의 눅진한 향이 코를 찔렀다. 좋다거나 나쁘다고 표현하기 힘든 냄새였다.

"베개 사러 왔는데요."

지타가 말했다. 대답은 역시 들리지 않았다. 지타는 현관에서 잠자코 기다리다가 복도 끝 방 앞에 놓인 커다란 쇼핑백을 발견했다. 비닐에 싸인 솜뭉치는 베개처럼 보였다. 지타는 주머니에 손을 넣었다. 미리 준비해온 만 8천 원이 만져졌다. 계좌이체를 할 수도 있었지만 굳이 실명을 밝히고 싶지 않아 현금을 지갑에서 꺼내왔다. 성당에서 세례증명서를 받은 이후로 본명은

잊은 지 오래였다.

지타는 집에 사람이 없는지 한번 더 확인했다. 아무래도 문단속을 잊은 것 같았다. 그럼 그렇지. 얼마 전 대문이 열려 있던 것도 이 집 여자들이 벌인 일일 거다. 지타는 집안으로 소리 없이 들어갔다. 베개가 사진에서 본 것처럼 괜찮은지 확인해야 했다. 가능하다면 베개를 들고 미국으로 갈 생각이었다. 해외여행에서는 잠자리가 중요하다는 말을 얼핏 들은 적이 있었다. 상태가 별로라면 과감히 거래를 포기하고 새 베개를 사야 했다.

거실에는 꽃밭이 프린트된 잔디색 러그와 조롱박 모양의 조명이 놓여 있었다. 아기자기한 소품들 덕인지 내부는 생각 이상으로 예뻤다. 하지만 계절에 맞지 않는 얇은 원색 커튼이 과하게 눈에 띄었고 축축한 수건이 바닥에 널브러져 있어 지저분했다.

지타는 수건을 주워 의자에 걸었다. 식탁 위 음식 부스러기와 음료가 남아 있는 컵도 신경쓰였다. 집을 마저 정리해주고 싶었지만 그건 안 될 일이었다. 이미 충분히 마음이 켕길 만한 일을 벌이고 있었다.

지타는 쇼핑백을 확인했다. 베개가 맞았다. 하지만

다른 베개 하나가 보이지 않았다. 마음이 초조해졌다. 지타는 이제 집에서 나가야 한다고 생각했다. 세 여자 중 누군가가 갑자기 들이닥쳐도 이상하지 않았다. 그들은 자기들의 집에 멋대로 침입했다고 오해할 것이다.

주위를 정신없이 둘러보던 지타는 주인 부부의 흔적이 묻은 오래된 벽지를 보고 멈춰 섰다. 예전에 밥솥이 있던 자리만 누렇게 변해 있었다. 도배를 새로 하지 않은 모양이었다. 누런 자국을 본 순간 달콤한 커피 향과 식탁 아래로 떨어지던 과자 부스러기, 그리고 주인 부부의 뻣뻣한 손이 떠올랐다. 그때는 남편도 곁에 있었다. 그는 과자의 단맛 때문에 머리가 어지럽다고 말하며 지타의 손을 자주 붙들었다.

기억이 불안감을 가라앉혔다. 지타는 이전에 창고로 쓰던 작은방을 살폈다. 베개는 그곳에 있었다. 비닐에 싸여 있지는 않았지만 충분히 깨끗했다. 지타는 베개를 들고나왔다. 밖에 놓인 쇼핑백에 담을 생각이었다. 뺨 위로 바람이 느껴졌다. 지타는 고개를 들었다. 현관에는 윗집 여자 중 하나가 서 있었다. 손에는 족발 봉지를 든 채였다.

"베갯값을 놓고 가려고요."

지타가 말했다. 돈을 식탁 위에 내려놓는 동안 여자는 현관에서 꼼짝하지 않았다. 지타는 여자를 지나쳤다. 베개 하나는 품안에, 다른 베개는 쇼핑백에 넣은 채로 바삐 걸었다. 지타는 집으로 돌아온 뒤에도 한참 동안 어둠 속에 서 있었다. 쫓아오는 소리는 들리지 않았다. 시간을 두고 대문이 두 번 여닫혔고 다시 정적이 이어졌다.

경찰이 올지도 몰라. 하지만 어쩔 수 없었어. 한참을 기다려도 누군가가 오는 기색이 없자 지타는 피로한 표정으로 소파에 누웠다. 베개에서는 달콤한 향수 냄새가 났다. 지타는 베개를 벴다. 참을 수 없이 잠이 밀려왔다.

*

이탈리아의 작은 마을에서 태어난 성녀 지타는 본래 가난한 농부의 딸이었다. 어릴 적부터 신앙심이 깊었던 그는 갖은 선행을 벌이며 신의 자비로움을 곳곳에 설파했다. 하녀로 오랜 세월 일하는 동안 가장 낮은 곳에서 불쌍한 이들을 살폈고, 검소하기까지 해 물건 하나 함부로 내버리는 일이 없었다. 여러 기적을 행하던 지타는 어느 날 자기가 죽는 순간을 알게 되었다. 마치 계시처럼. 그는 편안히 영면에 빠졌다.

수많은 성인 중 지타를 세례명으로 택한 건 성녀 지타가 자기의 마지막을 알고 있었기 때문이었다. 성녀 지타의 이름을 택했을 때, 지타도 자기의 마지막이 언제인지 알기를 바랐다. 알면 대비할 수 있을 테니까. 대비할 수 있다면 앞으로 닥쳐올 일이 무엇이든 두렵지 않을 거였다.

이른아침, 지타는 공항 의자에 앉아 떠오르는 해를 바라보았다. 아름답고 쾌활한 빛이었다. 지타는 퍼져나오는 흰 빛을 눈 한번 깜빡이지 않고 응시했다. 얼마간 눈이 머는 듯한 기분이 들었다.

눈이 아파서 견딜 수 없을 즘 지타는 고개를 숙였다. 사람들이 오가는 소리, 청소기의 소음, 와글거리는 웃음이 울려퍼졌다. 다시 눈을 떴을 때는 비행기 시간이 한참 지나 있었다.

지타는 의자를 떠나지 않았다. 해가 지타의 얼굴을

지나 드높이 솟았다. 지타는 입으로 음악을 흥얼거렸다. 익숙한 선율을 노래하는 동안 수많은 이들이 지타의 곁을 머물렀다가 떠났다.

지타는 새로 산 캐리어를 들고 출구로 향했다. 한 손에는 쇼핑백이 들려 있었다. 압축팩으로 감싼 베개 두 개가 걸음걸이에 맞춰 흔들렸다. 콧노래는 끊이지 않았다.

*

오랜만에 본가에 들렀던 구나가 밤늦게 집에 돌아왔을 때, 다희와 용인은 거실에 앉아 저녁을 준비하고 있었다. 식탁에는 일회용 포장 용기가 즐비했다. 구나는 다희의 다이어트가 끝났음을 직감했다.

"결론 내렸다며."

"응. 그냥 엮이지 말자."

다희가 말했다. 지난 2주 동안 세 사람의 대화 주제는 아랫집 할머니와 관련한 것뿐이었다. 그들은 침착한 대화 혹은 시비, 경찰 신고 등 여러 경우의 수를 고려하다가 결국 무시를 택했다. 그것이 가장 값싸고 빠른 방법이었다.

2주 내내 없어진 물건이 없는지 확인하던 구나는 오늘에서야 의심을 내려놓고 엄마 집에서 가져온 베개를 소파에 두었다.

"급한 대로 이거라도 써보자."

용인의 불면증이 구성원 모두를 괴롭히고 있었기 때문에 구나는 길이 든 베개를 구하기 위해 본가까지 들르는 수고를 아끼지 않았다. 구나의 가족 중 불면증을 겪은 사람이 없다는 것도 큰 이유였다. 용인은 구나가 가져온 베개를 베더니 머리를 좌우로 굴렸다.

"편하네."

"잘 수 있을 거 같아?"

"어쩌면."

용인이 눈을 느리게 깜빡였다. 다희가 칼국수 용기를 열었다. 뜨거운 김이 솟았다. 그들은 차례차례 의자에 앉았다. 용인이 겉절이 뚜껑을 열다가 배춧잎을 떨어뜨렸다. 구나가 떨어진 겉절이를 치웠다. 다희가 컵에 물을 가득 따랐다. 세 사람은 동시에 젓가락을 들었다.

아랫집에서 드보르자크의 음악이 들려왔다. 다희는

새로 시작한 드라마를 틀었다. 그들은 식사를 시작했다. 첼로의 선율이 대화 소리와 뒤섞였다. 음악 소리는 차츰 배경음이 되었다. 지타 그리고 구나와 다희, 용인은 여느 날과 같이 함께였다.

배추밭에 얼굴을 묻을 때

엄마와 내가 경기도 외곽의 S신도시에 이사온 건 작년 봄이었다. 우리는 도시의 가장자리, 드높은 상가건물이 자리한 중심가와 거리가 먼 신축 아파트 단지에 둥지를 틀었다. 아파트 뒤편으로는 미처 개발 지구에 포함되지 못한 빈 땅이 자리해 있었는데, 관리되지 않은 땅임에도 새벽부터 여러 사람이 뻔질나게 드나들며 배추와 옥수수, 파 같은 것을 경작했다. 엄마는 수도권에 버려진 땅이란 있을 수 없으니 저건 필시 누군가의 사유지일 것이고, 저 사람들은 허락도 없이 남의 땅에서 콩이며 양파며 마늘 같은 것을 잘도 키워 먹고 있는 무뢰배들이라고 욕했다.

"사람이면 부끄러워할 줄도 알아야지."

엄마는 4월의 봄볕이 환히 내리는 거실에 앉아 창밖을 주시했다. 밭과 아파트 사이는 꽤 멀었지만 대낮에는 농사일하는 사람들을 어렵지 않게 발견할 수 있었다. 무단 경작자들에 관한 이야기는 아파트 입주민들만 가입할 수 있는 인터넷 카페에서 자주 오르내리는 이슈였다.

불법으로 작물을 짓는 이들 대부분이 노인이라 못 본 척했을 뿐, 기회가 생긴다면 당장이라도 집단 민원을 넣을 태세였다. 산책할 때마다 밭에서 퇴비 냄새가 강하게 나는 것으로도 모자라 최근에는 한 노인이 아파트 단지 안으로 침입해 연못물을 들통에다가 가득 담아 밭으로 가는 걸 보기까지 했으니 더이상 가만두고 볼 수 없다는 모양이었다.

땅 주인도 아닌 주제에 가만있지 않으면 대체 뭘 어쩌겠다는 건지, 나는 진심으로 궁금했다. 노인이 아파트 연못물을 훔치는 모습을 본 적은 없었지만 몇몇 사람들이 근처 하천에서 긴 호스를 늘어뜨려 농사에 필요한 물을 조달하고 있다는 건 알았다. 나는 그게 거지

근성이 뿌리깊게 박힌 일부 몰지각한 인간들의 파렴치한 짓거리로 보이기보다는 저것도 수고라고, 저 일도 참 수고로울 것이라고, 길러낸 농작물을 먹고 팔고 한다고 해서 엄청난 이득을 취할 수 있는 것도 아니니 적당히 눈감자는 쪽으로 결론지었다. 엄마는 내가 살아오면서 내린 숱한 결론을 지켜보면서 항상 그랬듯이 이번에도 나를 이해하지 못했다.

"넌 네 땅에다가 저러고 있다고 생각하면 화가 안 나?"

"내 땅도 아닌데 왜 화가 나?"

"대학원 졸업하면 좀 달라질 줄 알았더니만, 됐다."

엄마는 다 마신 커피잔을 식기세척기에 넣었다. 무단 경작자를 치워버리고 싶어 하는 아파트 입주민들의 원초적 욕망과 대학원 졸업 사이에 어떤 상관관계가 있는지는 알 수 없었지만, 나는 엄마의 기분을 상하게 하고 싶지 않았기에 어젯밤 정리해둔 쇼핑몰 장바구니 목록을 내밀었다. 엄마는 언제 토라졌냐는 듯이 텃밭 장화와 장갑형 호미, UV차단 팔토시에 관심을 보였다. 장바구니 목록을 쭉 살피던 엄마는 오늘도 텃밭일을 도우러 오지 않을 거냐고 물었다. 나는 장바구니에 담긴 물건들을 결제했다.

"알잖아. 난 집이 제일 좋아."

몇 주 전에 도시 텃밭 분양 사업에 선정된 이후로 엄마는 매일같이 밭에 나갔다. 시에서 하는 사업이라 한해에 3만 원만 내면 5평짜리 땅에서 마음껏 농작물을 기를 수 있었다. 나는 인터넷으로 엄마의 추첨을 도왔을 뿐이지만 몇 번이나 고맙다는 인사를 들었다. 텃밭을 분양받은 건 단순히 운이 좋아서였다. 코로나 때 대폭 수요가 늘어났다더니 이번 텃밭 추첨 경쟁률은 무려 4대 1이었다. 엄마가 걱정했듯이 내게 얼마 있지도 않은 운을 애먼 곳에 끌어다 쓴 건 아닌가 싶긴 했지만, 어쨌든 엄마는 텃밭을 분양받았고 임시로나마 직접 농작물을 기르고 수확하는 기쁨을 얻게 되었다. 엄마의 기쁨은 곧 내 기쁨. 그러므로 텃밭 분양에 선정된 날에는 오랜만에 단잠에 빠질 수 있었다.

엄마가 자리에서 일어나 옷을 갈아입는 사이, 나는 엄마의 외출 준비를 도왔다. 엄마는 굳이 말하지 않았지만 분명 나를 걱정하고 있었다. 다니던 직장까지 그만두고 대학원에 들어갔으면서 다시 취업할 기미가 없는 나를. 정확히는 일할 의지조차 없는 나를. 엄마를 웃기기 위해 뒤통수에 선캡을 써봤지만 소용없었다. 엄마는 선캡을 다시 뺏어갔다. 오늘 치의 농사일이 엄마를 기다리고 있었다. 봄 가뭄이 시작되고 있어 매일 밭에 가서 물을 주지 않으면 작물들이 금세 시들해진다고 했다. 현관을 나서기 전, 엄마가 대수롭지 않게 물었다.

"너 호준이라고 기억해?"

호준의 이름이 내뱉어진 순간 기억 저편에 묻혀 있던 추억이 줄기에 달린 감자처럼 달려 올라왔다. 호준은 내 중학교 동창이었다. 엄마와 내가 지금 사는 동네에서 차로 한 시간 떨어진 F시에 살았을 무렵에 호준과 나는 자주 어울렸다. 엄마는 호준도 최근 S신도시로 이사를 온 거 같다고 했다.

"엄마가 그걸 어떻게 알아?"

"만났으니까. 걔 나랑 텃밭 이웃이야."

"호준이가 농사를 한다고?"

"농사는 무슨. 그냥 채소 좀 키우는 거지."

호준은 엄마의 기억 속 그대로였다고 했다. 나이가 전혀 들지 않아 놀랄 정도였다고. 처음 마주쳤던 날 바로 알아보지 못한 게 이상하다고 하니, 엄마는 뜸을 들였다. 엄마가 곁에서 밭일하는 젊은 남자의 얼굴을 확인하지 않는 데에는 그만한 이유가 있었다.

"걔 좀 이상하더라."

"뭐가?"

"자꾸 얼굴을 밭에 파묻어."

엄마는 호준의 기행을 목격한 게 처음이 아니라고 했다. 이른새벽, 사람이 없는 시간에 밭을 살피러 가면 호준은 항상 흙에 얼굴을 묻고 가만히 엎드리고 있었다고. 엄마는 처음에는 그가 호준인 줄 몰라보고 번번이 못 본 척했으나 제대로 인사를 나누고 나서부터는 마음이 더욱 심란해졌다고 했다. 단둘이 있을 때면 흙에 얼굴을 묻고 있던 모습이 떠올라서였다. 호준은 엄마가 있다는 걸 알아차리고부터는 밭에 얼굴을 묻는 짓을 하지 않았지만, 혼자 있다는 생각이 들 때면 언제든 그 짓을 반복했다. 결국 엄마는 호준과 마주치지 않기로 결심하고 일부러 새벽 시간을 피해 밭에 나갔다. 그러나 호준은 새벽에도 아침에도 저녁에도 항상 밭에 있어 다른 의미에서 엄마를 또 놀라게 했다.

"그거 이상하긴 하네."

"그렇지. 이상하지."

"밭에서 사는 것도 아닌데 어떻게 항상 거기에 있어?"

엄마는 그 부분이 이상한 게 아니라고 핀잔했다. 흙에 얼굴을 묻고 있는 호준이 꺼림칙하다는 데에 동의를 얻고 싶은 걸까? 나는 고민하다가 점퍼를 걸쳤다.

"오늘은 나도 텃밭에 갈게. 호준이도 볼 겸."

엄마는 내가 따라가는 게 좋은 듯도 싫은 듯도 했다. 나는 엄마보다 먼저 현관을 나섰다. 엄마의 표정을 본 순간 15년 전의 나날이 떠올랐다. 그때도 엄마는 호준을 불편해했다. 호준은 그러니까, 어릴 적이나 지금이나 '엄마가 생각하기에 함께 어울리지 않았으면 하는 친구'였다.

*

평일임에도 Y텃밭에는 사람들이 많았다. 분양 초기여서인지 다들 농사일에 힘을 쏟고 있었다. 나는 엄마를 도와 조금씩 나기 시작한 잡초를 제거했다. 바로 옆에 있는 호준의 텃밭은 작물로 가득했다. 그의 모습은 보이지 않았다.

"항상 밭에 있다며."

"기다려봐. 곧 나타나."

오늘은 없네 싶으면 어느새 옆에 서 있고, 이제 갔나 싶으면 새로운 모종을 사와 심었다는 엄마의 말처럼 얼마 지나지 않아 모종판을 든 젊은 남자가 주차장에서 걸어왔다. 나는 그가 호준임을 단번에 알아차렸다. 호리호리한 체형과 하얀 얼굴이 멀리서도 돋보였다. 이름을 부르니 호준이 밭 한가운데에서 우뚝 멈춰 섰다. 호준의 얼굴 위로 놀라워하는 기색이 어렸다.

"시내야."

호준은 얼마간 말을 잇지 못했다. 알록달록한 옷을 입은 사람들 사이로 호준의 무지 셔츠가 팔랑였다. 나는 호준이 들고 있는 모종판을 받아 밭에 내려두었다. 호준은 습관처럼 눈을 비볐다. 우연이라는 말로밖에는 설명할 수 없는 재회였다. 나는 잘 살았느냐는 말은 하지 않았다. 그냥 호준의 팔을 두드렸다. 호준은 주머니에서 안약을 꺼내 눈에 넣었다. 한결 부드러워진 얼굴로 호준이 웃었다.

"결국 어머니한테 졌구나."

호준과 말 한마디 제대로 나누지 않은 것처럼 굴더

니, 엄마는 자기가 아무리 꼬셔도 내가 텃밭에 오지 않는다는 이야기를 이미 여러 차례 한 상태였다. 아닌 척 엿듣고 있는 엄마를 내버려두고 나는 호준이 모종 심는 걸 도왔다. 호준이 새로 사온 작물은 미인고추였다.

"미인고추는 다른 고추랑 뭐가 달라?"

"이 고추는 안 매워."

안 매운 정도가 아니라 이게 왜 고추지 싶을 정도로 시원하고 달다고 했다. 신이 난 호준이 자기가 밭에 심은 작물을 하나하나 알려주었다. 저건 완두, 저건 들깨, 저건 가지…… 심어둔 것들만 해도 여덟 종류가 넘었다. 왜 이렇게 많이 심었느냐고 물으니 꼭 필요한 모종만 고르고 골라낸 건데도 날이 갈수록 가짓수가 많아지고 있다고 했다. 심는 작물에 따라 두둑의 너비와 높이가 달라져 밭 모양도 벌써 몇 차례나 바꾸었다고.

호준의 텃밭 사랑 이야기를 한참 듣는데, 엄마 또래의 중년 여자가 우리를 향해 걸어왔다. 엄마가 여자를 보고 자리에서 일어섰다. 밭일하는 동안 친구가 몇 명 생겼다더니 그중 한 명인 거 같았다. 나는 호준을 두고 엄마의 곁에 섰다. 인사하고 싶지 않아도 엄마는 어떻게든 나를 부를 게 뻔했다. 여자는 엄마와 반갑게 인사

한 것도 잠시 내 얼굴을 빤히 바라보았다. 엄마가 내 손
을 잡았다.

"인사해. 여기 우리 딸."

"안녕하세요."

나는 고개를 꾸벅 숙였다. 여자는 웃으며 그 공부 열
심히 하는 딸이냐고 되물었다. 엄마는 쑥스럽게 웃었
다. 여자는 저번에 말했던 청양고추 모종이 조금 남았
으니 가져가라고 했다. 두 사람은 반대편 밭으로 멀어
졌다. 나는 다시 호준의 곁으로 돌아갔다.

"수고했어."

호준이 말했다. 어쩐지 그리운 기분이 들어 웃음이
났다.

"뭘 수고해. 나도 이제 서른일곱이야."

호준은 그래도 수고는 역시 수고라고 덧붙였다. 나
는 엄마가 사라진 동안 호준과 엄마의 텃밭을 비교했
다. 엄마가 일군 밭은 모양새도 조금 이상하고 작물들
의 크기도 작았다. 반면 호준의 텃밭은 작물들이 싱싱
한 건 물론이고 흙 빛깔마저 고왔다.

"우리 엄마는 아무래도 농사엔 소질이 없나봐."

"내가 좀 알려드렸는데 힘에 부치시는 거 같아."

호준은 텃밭을 배정받고 엄마와 함께 돌을 골라낸 일, 퇴비와 붕산비료를 흙에 뿌리고 땅을 솎아낸 일, 비싼 상토를 나눠 가지고 무너진 두둑을 다시 쌓은 일 등 내가 몰랐던 이야기들을 잔뜩 들려주었다. 도움이란 도움은 다 받은 주제에 호준이 이상하다는 말부터 꺼낸 엄마가 조금 괘씸하게 느껴질 정도였다.

"너 이제부터 우리 엄마 도와주지 마. 네 밭만 돌봐."

"난 시간 많아서 괜찮아."

"나도 시간 많아. 차라리 내가 하러 올게."

호준은 그러면 엄마의 텃밭에 아직 빈 곳이 많으니 내가 좋아하는 작물을 심어보라고 했다. 나는 감자를 택했다. 호준이 곧바로 차에서 상자 하나를 가져왔다. 그곳에는 싹이 난 감자가 여러 개 들어 있었다. 호준은 이게 씨감자라고 소개하고는 감자를 기르는 법을 즉석에서 강의했다.

"움푹 들어간 곳이 감자 눈이야. 눈을 중심으로 잘라야 해."

나는 호준이 시키는 대로 감자를 잘랐다. 감자를 기르는 데 감자를 쓴다는 것도 신기했지만 이 모든 정보를 막힘없이 설명하는 호준이 더 신기했다. 그는 연회색의 긴 비닐을 가져와 두둑 위에 내려놓았다. 작물이 잘 자라게 하고 잔디도 방지하는 멀칭 작업이었다. 나는 호준을 도와 비닐을 길게 펼쳤다. 힘을 세게 주지 않았는데도 비닐 중앙 부분이 찢겼다. 호준은 생분해 비닐이 원래 약하다며 새 비닐을 꺼내왔다. 얼마나 효용 있는 일인지는 모르겠으나 일반 비닐이 아닌 생분해 비닐을 써야 하는 게 시의 방침인 듯했다.

나는 비닐에 일정한 간격으로 둥근 구멍을 내고 구멍마다 감자를 심었다. 엄마가 미처 골라내지 못한 돌이 손바닥 아래로 느껴졌다. 돌멩이를 들어올리고 삽으로 한번 더 땅을 솎아내자 흙 아래로 무언가가 만져졌다. 당겨보니 얇은 보자기가 드러났다.

"이건 뭐야?"

"나도 모르겠는데."

호준의 눈 위로 호기심이 떠올랐다. 그가 보자기 끝을 당겼다.

"열어보자."

"싫어. 뭔 줄 알고."

호준은 내 만류에도 불구하고 꽁꽁 묶인 보자기 매

듭을 풀었다. 차라리 값이 나가는 물건이었다면 좋았을 텐데. 부정한 돈을 세탁할 곳을 찾지 못한 전 텃밭 이용자가 5만 원짜리 지폐가 가득 담긴 포대를 묻어 두고 갔다면 나는 이 도시에 조금 더 애정을 갖게 됐을 거다.

하지만 사각거리는 베이지색 천에 싸인 것은 죽은 화초였다. 한때 산세비에리아, 스투키, 몬스테라, 드라코 등으로 불렸을 식물들이 엄마가 분양받은 도시 텃밭 아래에 묻혀 작물의 영양분이 될 준비를 하고 있었다. 호준이 물었다.

"이걸 왜 묻어둔 걸까?"

"모르지. 퇴비로 쓰려고 했나봐."

나는 조금 찜찜한 기분에 사로잡혀 죽은 화초들을 다시 보자기에 싸맸다. 호준이 보자기를 들고 퇴비장으로 향하는 사이에 엄마가 돌아왔다. 엄마는 조금 지친 표정이었다. 나는 엄마에게 감자를 심었다고 했다. 엄마는 빈 땅을 보더니 쪽파도 심어야겠다고 중얼거렸다.

"난 파 싫은데. 배추 심으면 안 돼?"

"배추는 8월에나 나올걸. 그래야 김장철에 수확해서

먹지."

"봄배추가 따로 있어서 괜찮아요."

어느새 돌아온 호준이 손에 묻은 흙을 털며 말했다. 죽은 화초가 묻혀 있었다는 말은 호준도 나도 하지 않았다. 엄마는 호준에게 내일 봄배추 모종을 대신 사다 줄 수 있겠느냐고 물었다. 호준은 좋다고 했다. 엄마가 흙 묻은 목장갑을 소리 내 털었다. 서쪽에서 일몰이 몰려왔다. 나는 호준과 인사를 하고 헤어졌다. 집으로 돌아가는 동안에도 엄마는 말이 없었다. 나는 뺨을 긁었다. 엄마가 내 손을 잡았다.

"너, 내일도 나와라."

엄마가 새로 사귄 친구와 어떤 대화를 나누었을지 알 것 같았다. 나는 알겠다고 했다. 나는 엄마와 어깨를 나란히 한 채 집까지 걸었다. 엄마는 붙든 내 손을 놓지 않았다.

*

다음날부터 거짓말처럼 봄비가 내렸다. 매일같이 나와 텃밭에 갈 기세였던 엄마는 금세 마음을 바꿔 모처럼의 휴식을 즐겼다. 나는 유튜브 메인 화면을 무한 새로고침했다. 최신 예능부터 2천 년 초반 드라마까지, 요새는 시대와 관계없이 무엇이든 볼 수 있었다. 호준이 정말 봄배추 모종을 사왔으면 어쩌지, 비를 맞으면서까지 밭을 돌보고 있으면 어떡하지 고민이 들 때면 〈KBS 가요대상〉을 넋을 놓고 시청했다.

아무도 주목하지 않았을지 몰라도, 〈KBS 가요대상〉의 진정한 주인공은 당대에 유명했던 가수들이 아니라 매해 오프닝 무대를 장식했던 무용수들이 아닌가 싶다. 그중 내가 가장 좋아하는 무대는 1984년 오프닝이었다. 반짝이는 무용수들 사이로 어린 엄마의 얼굴을 찾아보는 일이 퍽 재밌었기 때문이었다.

할아버지가 사기로 쫄딱 망하기 전까지 꽤 부유한 환경에서 자란 엄마는 무용을 전공했고, 그 덕에 공영방송사 프로그램에 얼굴을 비칠 수 있었다. 몇 년 전까지만 해도 엄마가 출연한 방송을 녹화해둔 비디오테이프가 집에 무더기로 있었지만 애물단지인 VHS플레이어를 버리면서 남아 있던 비디오테이프 역시 치웠다.

다행히 엄마가 말했던 〈KBS 가요대상〉 무대는 방송사 공식 유튜브 채널에 모조리 아카이빙되어 있었다.

오프닝 무대를 수십 번 돌려보던 나는 부추를 다듬는 엄마 곁에 섰다.

"이 중에 누가 엄마라고 했지?"

엄마는 스마트폰 화면에 떠 있는 영상을 감흥 없이 마주했다. 이걸 어떻게 찾았느냐는 말도 없이 엄마가 물 묻은 검지로 왼쪽 화면을 가리켰다.

"여기 두번째 줄에 서 있는 여자애가 나야."

소녀의 이목구비를 뜯어보니 과연 엄마가 맞았다. 나는 어린 시절의 엄마를 깊은 감흥에 젖어 바라보았다. 엄마는 귀엽게 미소 지으며 힘차게 춤을 췄다. 엄마가 서 있는 쪽이 줌이 된 건 단 2초에 불과했다. 엄마가 예전에 말했듯이 이날이 엄마 인생의 최고 전성기였는지는 알 수 없었지만, 영상 속의 엄마는 행복해 보였다. 엄마가 잘 다듬은 부추를 잘게 잘라 큰 그릇에 넣었다. 나는 부침가루를 붓고 프라이팬 온도를 높였다. 엄마의 휴대폰이 진동했다. 카페 새 글 알림을 확인하던 엄마가 기쁜 목소리로 말했다.

"이거 봐. 드디어 땅 주인이 나타났단다."

엄마는 조금 전 카페에 올라온 사진들을 내게 보여주었다. 노인들이 열심히 경작하던 땅 앞에 '곧 공사

시작함 무단 경작 금지'라는 팻말이 꽂혀 있었다. 나는
부추전 반죽을 프라이팬에 부었다.

"그 사람들 이제 쫓겨나겠네."

"쫓겨나기는. 원래 자기 땅도 아니었는데."

법이 복잡해서 남의 땅에 무단으로 경작했다고 해
도 그 위에 심은 농작물은 심은 사람 것이라 함부로 건
들 수가 없다는 모양이었다. 남은 방법은 이 이상의 경
작을 막는 것이었다. 땅 주인은 바로 오늘부터 펜스 작
업을 시작하려는 듯했다. 트럭 두 대가 와 있는 사진이
카페에 잇따라 올라왔다. 나는 그 사진들이야말로 지
나친 알권리라고 생각했지만 엄마는 펜스나 무단 경작
금지라는 말보다는 공사라는 단어에 주목했다.

"이러다가 상가 들어서는 거 아냐?"

엄마는 밭을 다 밀어버린 땅에 큰 상가건물이 들어
오기만을 두 손 모아 빌었다. 버스를 타고 장을 보러 가
지 않아도 되게 지하에는 큰 마트가, 1층에는 카페나
분식점이, 2층과 3층에는 병원이 있는 건물이 들어선
다면 더 바랄 것이 없었다. 엄마는 이 동네 대장 아파트
를 은근히 부러워하고 있었고 그곳의 인프라를 체감할
때면 빚을 내서라도 더 좋은 집을 샀었어야 했다고 후

회했다. 그러다가 국토의 70퍼센트가 산인 이 나라에 서는 아파트가 평지에 있고 세대수가 많은 것만으로도 살기 좋은 축에 든다며 우리가 사는 아파트가 어디 가 서 빠지지는 않는다고 칭찬을 늘어놨다. 더 이름 있는 건설사에서 지은 브랜드 아파트가 바로 옆에 있었으나 지대가 높은 곳에 있어 우리가 사는 아파트와 매매가 가 비슷했다. 엄마는 그 아파트에 사는 사람들만은 조 금도 부러워하지 않았다. 그러거나 말거나, 나는 대장 아파트라는 단어를 들을 때마다 목덜미가 간지럽고 손 발이 오그라드는 기분이 들 뿐이었다.

"대장이 뭐가 좋아. 지금 우리 집도 좋잖아."

"난 부러워. 나도 대장하고 싶어. 넌 살면서 한번도 대장 하고 싶은 적 없었어?"

"나는 없어, 엄마. 그러니까 내가 아직도 엄마랑 살 지."

나는 엄마의 영원한 똘마니, 종. 부르면 부르는 대로 곁에 있고 내킬 때면 내일이 없는 사람처럼 용돈도 주 다가 그대로 같이 늙어 죽고 싶은 캥거루 딸이었다.

엄마는 뒤쪽 밭에서 토지측량 기사들을 보았다는 또 다른 목격담과 아파트 단지 서쪽에 새로 짓고 있는 7층

짜리 건물 도면을 소설책이라도 읽듯 즐겁게 보았다. 엄마의 두 눈이 오프닝 무대에서처럼 반짝거렸다. 나는 부추전을 해치우고 나서 홀로 비 오는 텃밭으로 향했다. 호준이 걱정돼서기도 했지만, 그가 해주는 작물 이야기가 더 듣고 싶었기 때문이었다.

*

밭에 도착했을 때 호준은 처음 보는 중년 남자와 함께 서 있었다. 그들은 내리는 비를 우산도 없이 맞았다. 나는 호준이 놀라지 않게 천천히 다가갔다. 남자도 호준도 내가 다가가고 있다는 걸 모르는 눈치였다. 그들은 직파니 결구니, 알 수 없는 이야기를 즐겁게 나누었다. 내가 든 무지개색 우산이 호준의 등을 쿡 찌를 무렵, 남자가 물었다.

"그런데 그 얼굴에 점 있는 친구는 어디 갔어? 어제 같이 있더니만."

나는 걸음을 멈췄다. 남자가 나를 뒤늦게 발견하고 머쓱한 표정을 지었다. 호준이 내게 인사했다. 나도 마주 손을 들었다. 남자가 떠나자 호준과 나만 남았다.

"배추에 벌써 벌레가 꼬여서 상담중이었어."

호준은 부탁받은 다음날 바로 배추 모종을 사 엄마의 텃밭에 심어두었다고 했다. 나는 호준과 함께 텃밭에 앉아 남자가 주고 간 마요네즈와 식초를 섞은 물을 배추 위로 뿌렸다.

"이러면 진짜 벌레가 죽는대?"

"모르겠네. 아예 모종을 버려야 할 수도 있어."

"그러면 그냥 지금 버릴까."

호준은 고개를 저었다. 아직 속이 차지 않은 배추이니 조금 더 두고 보면 괜찮아질 수도 있다고 했다. 그냥 없애버리면 편할 텐데, 호준은 어릴 적에도 그랬듯 나아질 가능성이 있는 일에는 끝까지 매달리려고 했다.

나는 호준과 나란히 앉아 봄배추를 보았다. 비바람이 쉬지 않고 나부꼈다. 습하고 또 서늘한 미풍이었다. 함께 흙냄새를 맡으며 앉아 있으려니 교사 뒤편에서 시간을 보내던 중학생 때가 떠올랐다. 나는 시들한 배춧잎을 손으로 뜯었다.

"기억나? 우리 중학교 뒤뜰에도 텃밭 있었잖아."

"기억나지. 애들이 거기다가 라면 국물 자꾸 버려서 교감 선생님이 화냈던 것 같은데."

호준이 웃었다. 그 웃음마저 중학생 시절과 똑같아 순간 그리움이 밀려들었다. 중학교 2학년 때의 어느 날, 호준과 나는 오늘처럼 학교 뒤뜰에 쭈그려앉아 있었다. 호준은 생식세포의 분열 과정을 열심히 공부하던 중이었고 나는 공부와는 영 거리가 먼 학생이라 호준의 곁에서 만화책을 읽었다. 앙숙이었던 남녀가 뜻하지 않게 남매가 되는 과정을 그린 청춘 코미디물이었다. 홀몸으로 아이를 키우던 남자 주인공의 아버지와 여자 주인공의 어머니가 만나 사랑에 빠지고 결혼하기까지 채 몇 컷이 걸리지 않았다. 나는 현실을 부정하는 주인공들의 표정이 웃겨 같은 장면을 몇 번이나 반복해서 보았다. 나도 호준과 가족이 될 수 있다면 지금보다 더 재밌을 것 같았다. 그래서 불쑥 호준의 펜을 빼앗아 두 개의 상동염색체가 이가염색체로 결합하는 과정을 가리켰다.

"봐. 이 빨간색 두 개가 나랑 우리 엄마, 파란색 두 개가 너랑 너희 아빠. 넷이 만나서 새로운 염색체가 되면 재밌지 않을까?"

"난 빨간색 싫어해."

호준이 다시 펜을 빼앗았다. 나는 호준의 공부를 계

속 방해했지만 호준의 표정이 별로 좋지 않아 보여 가
족이 되고 싶다는 이야기는 더이상 꺼내지 않았다. 수
업 종소리가 울렸다. 우리는 교실로 돌아갔다. 지나치
는 아이들이 호준과 내 얼굴을 티나지 않게 응시했다.
호준과 나는 자리에 앉았다. 호준의 짝꿍이 그의 어깨
를 장난스레 찔렀다.

"야, 너 왜 나 노려봐."

나는 자리로 가려다 말고 멈춰 섰다. 호준의 어깨가
또다시 펜에 찔렸다. 왜 날 자꾸 보는데. 뭘 보냐고. 왜
말이 없어. 너 사실 사시인 척하는 거지, 이 개새끼야.
웃음이 터져나왔다. 가만히 있던 호준이 고개를 돌려
짝꿍을 응시했다. 호준의 왼쪽 눈은 눈 바깥쪽으로 치
우쳐 있었다. 그는 멀쩡한 오른쪽 눈으로 짝꿍을 노려
보았다.

"이게 널 보는 거잖아, 병신아."

수업종이 울렸다. 교실로 들어온 선생님이 아이들을
조용히 시켰다. 짝꿍과 호준이 주먹다짐하는 일은 일
어나지 않았다. 숙덕거리는 소리와 욕설, 짜증스레 책
상을 발로 차는 소리가 이어졌다. 호준은 의연한 얼굴
로 칠판을 보았다. 아마 그때부터였을 거다. 은근한 괴

롭힘이 시작된 건.

장난과 구박 사이에서 그럭저럭 줄을 타던 아이들은 쉬는 시간마다 우르르 교탁 앞으로 몰려와 호준이 했던 말을 노래하듯 반복했다. 이게 널 보는 거란다, 병신아. 아냐, 이게 널 보는 거잖아. 병신아. 호준아, 우리도 병원 좀 추천해줘. 아니면 네 여친한테 물어볼까? 쟤는 피부과 갈 돈이 없고, 너는 안과 갈 돈이 없어?

그들은 호준을 놀리기 위해 나를 끌어들였다. 점점 말수가 줄던 호준은 중학교 3학년 겨울방학 무렵 눈 수술을 예약했다. 사시가 다시 재발할 수도 있다는 사실은 호준에게 중요하지 않았다. 나도 호준처럼 병원에 갈까 했으나 금세 마음을 접었다. 이미 몇 차례 모반 제거 레이저를 받았지만 큰 차도가 없었다. 무엇보다 집안 사정을 잘 알고 있었기에 엄마를 더이상 무리하게 하고 싶지 않았다.

괴롭히던 아이들의 관심이 시들해질 즘 졸업식이 찾아왔다. 그날 나와 호준은 눈 쌓인 산책로를 늦은 밤까지 걸었다. 호준의 입에서 하얀 입김이 길게 뿜어져나왔다.

"특징이 있으면 잊힐 수가 없어. 나는 그게 낙인 같

아."

호준이 발끝에 걸리는 돌멩이를 걷어찼다. 돌은 통통 튀어 연석 아래로 떨어졌다. 나는 호준의 속도에 맞춰 걸으며 뺨을 문질렀다. 그곳에 난 점은 마치 흉터처럼 내 얼굴 절반을 잠식하고 있었다.

호준의 말이 맞았다. 겉으로 봤을 때 평범한 아이들은 시간이 흐를수록 이름도 반도 다 잊히지만 호준과 나는 아니었다. 우리 두 사람은 얼굴에 점 크게 난 애, 왜 그 사시였던 애, 라고 끊임없이 호명될 운명이었다. 호준과 나를 한 번이라도 본 사람들은 다 잊고 살다가도 얼굴에 점이 났거나, 사시인 사람을 마주칠 때마다 우리를 떠올릴 것이다. 나는 호준과 헤어지기 전 그에게 말했다.

"수고했어."

호준이 어렴풋이 웃었다. 이듬해 우리는 각기 다른 고등학교에 입학했다. 3년은 몹시 길었다. 나는 인서울 대학 시각디자인과에 턱걸이로 붙었고, 호준은 내가 감히 쳐다볼 수도 없는 명문대 행정학과에 차석으로 들어갔다. 몇 년 뒤 행정고시에 붙어 5급 사무관 시보로 발령났던 호준은 채 6개월을 버티지 못하고 자진

퇴사했다. 시험공부를 너무 해서 머리가 어떻게 된 거 아니냐고 엄마는 그랬지만, 나는 호준의 결정을 이해했다.

호준은 재수술을 하고 싶어 했다. 수술 결과는 듣지 못했다. 호준이 잠적한 사이 나는 사회인이 되어 몇 차례 회사를 옮겼고, 퇴직한 뒤에는 대학원에 들어갔다. 사회보다는 학교가 나았기 때문이었다. 돈을 버는 곳에서는 찾을 수 없는 관용과 이해가 학교에는 존재했다. 호준은 그사이 번호를 바꿨다. 우리는 그렇게 멀어졌다.

"감자는 봄에 심으면 봄감자. 여름에 심으면 가을감자가 돼. 여름을 버티지 못해서 늦게 수확하거든."

호준이 흐르는 땀을 닦았다. 서쪽에서는 어느새 해가 뉘엿뉘엿 지고 있었다. 엄마가 기르는 작물들이 힘없이 잎을 늘어뜨렸다. 내가 죽은 모종을 파내고 옥수수를 심겠다고 하니 호준은 시 텃밭에서는 옥수수를 못 심는다고 잘라 말했다. 너무 잘 자라서 옆 텃밭에 볕이 들지 않을 수도 있어서였다.

그러면 뭘 심어야 하나. 방울토마토나 꽃상추? 겨자도 맛있겠지만 벌레가 너무 꼬인다고 하니 안 되겠고…… 우리는 지나간 날들보다 기르고 있거나 곧 기르게 될 작물들에 대해서만 계속 이야기했다.

나는 삽으로 바닥을 훑었다. 보자기에 싸여 있던 죽은 화초들이 떠올랐다. 그날 했던 추측이 아마 맞을 것이다. 사람들은 자원이라고 인식하는 건 남김없이 쓰려고 하니까. 아깝다는 생각이 들지 않게, 그것이 죽은 화초든 남의 땅이든 어떤 것은 반드시 다른 무언가의 양분이 돼야 한다고 믿는다. 그래도 어쩌면 식물을 사랑한 누군가가 화초를 위해 무덤을 만들어준 것일 수도 있지 않을까? 자원과 관계없이, 지극히 사적인 이유로 그런 짓을 하는 사람이 이 도시에 있기를 바랐다. 나는 호준에게 물었다.

"왜 밭에 얼굴을 묻고 있었던 거야?"

손끝에 닿는 흙이 차가웠다. 호준이 눈을 매만졌다.

"감자처럼 묻히고 싶어서."

"감자처럼?"

"감자는 눈을 주위로 잘라내면 다시 자라잖아."

물론 아픈 쪽 말고 멀쩡한 쪽으로. 나와 연락이 끊긴 동안 호준은 몇 번 더 눈을 수술했고, 최근 사시가 다시 재발했다고 했다.

"어떤 일은 아무리 노력해도 해결이 안 돼. 이제는 그걸 알겠어."

호준은 화초를 기르는 일만이 구원인 시기가 있었다고 했다. 집안 어디를 둘러보아도 식물들이 가득해서 나중에는 여기가 식물원인지 사람이 사는 곳인지 구분되지 않을 때까지 화분을 들였다고. 가습기와 화초용 조명을 마구잡이로 모으다가 집안에 발디딜 틈이 없어지자 그는 텃밭으로 눈을 돌렸다. 흙이 살아 숨쉬는 땅은 호준의 또다른 피난처가 되었다.

"흙에 얼굴을 묻고 있으면 내가 진짜 살아 있는 것 같아."

때마침 엄마에게서 전화가 왔다. 호준이 자리에서 일어섰다. 그는 이제 집에 돌아가자고 했다. 호준이 먼저 주차장으로 향했다. 나는 호준의 뒤를 따라가 운전석 창을 두드렸다. 차창 너머로 호준의 얼굴이 드러났다.

"네가 원하면 내가 묻어줄게, 네 머리."

호준이 웃었다. 나는 호준의 전화기에 내 번호를 억지로 입력했다. 진짜야. 나 진짜 네가 원하면 너 묻어줄 수 있어. 장난 같지? 나 진짜 한다. 새 삽도 살 거야.

호준은 내일 또 연락하겠다고 했다. 그의 차가 시야에서 멀어졌다.

나는 집으로 돌아가는 내내 호준의 웃음을 떠올렸다. 그 미소의 의미는 뭐였을까? 부담스러움? 슬픔? 뭐든 간에 나는 호준의 진짜 살아 있는 거 같은 삶이 무엇인지 알고 싶어졌다. 그의 감정을 알 기회가 다시는 없을 거 같아서 불안했다.

집에 돌아오니 엄마는 거실에 앉아 텔레비전을 보고 있었다. 흙냄새를 맡았는지 엄마가 나를 보지 않고 말했다.

"내일은 텃밭에 같이 가자."

손톱 아래로 흙 알갱이가 만져졌다. 나는 고개를 끄덕였다.

나는 그날 밤 호준의 머리를 과도로 자르는 상상을 했다. 두 눈과 인중을 경계로 호준의 얼굴이 삼등분됐다. 조각난 머리는 모조리 밭에 심었다. 심긴 조각마다 새로운 호준이 자라났다. 나는 호준을 모조리 먹어치웠지만 호준은 나의 영양분이 되지 못했다. 먹을 때마다 처음 모습 그대로 장을 타고 빠져나왔다. 나는 호준의 조각들을 소중히 끌어안았다. 호준이 분해되지 않고 내 안에 고여 있기를 원했지만 무리였다.

나는 호준을 생각했다. 호준은 내게 연락하지 않을 것이다. 나도 이제는 그걸 안다.

*

곧 시작될 거라던 공사는 6월이 다 되도록 진척되지 않았다. 밭 주위에 두른 펜스는 한쪽 면이 잘려 어느새 드나드는 문이 생겼다. 나는 동이 막 터오는 아침, 펜스 안에서 움직이는 사람들을 여럿 보았다. 그들은 큰 플라스틱 통에 담아온 물을 밭에 뿌렸다. 수확도 하기 전에 펜스 안에서 말라 죽고 만 작물들은 모두 거둬들여 퇴비로 썼다.

죽은 작물 대신에 심은 것은 옥수수였다. 옥수수가 높게 자랄 때마다 나는 호준과 같이 가꾸던 텃밭을 생각했다. 도시 텃밭을 스쳐지나간 수많은 이들도 한 번쯤 옥수수를 심고 싶었을 것이다. 하지만 옥수수는 텃밭에 심을 수 없다. 옥수수가 자랄 수 있는 곳은 무단 경작지뿐이다. 옥수수는 그곳에서만은 무럭무럭 자라났다. 입주민 카페에서는 여전히 노인들에 대해 수군

거렸다. 하지만 아파트 가격이나 새로 생긴 상가 소식
이 올라올 때면 몰래 땅을 훔쳐 쓰는 무뢰배들의 소식
은 저 밑으로 떠밀렸다.

호준은 마지막 만남 이후 더이상 텃밭에 나타나지
않았다. 중도 포기한 호준 대신 예비 당첨자가 밭을 일
궜다. 초반에 열심히 텃밭을 가꾸던 젊은 부부는 점점
얼굴을 비치지 않더니 한 달에 겨우 두세 번 나타나 잡
초를 솎아내곤 집으로 돌아갔다.

내 텃밭에서는 감자와 가지, 오이가 자라났다. 나는
다 자란 감자를 캐 간장에 조려 먹었다. 엄마는 내가 기
른 감자 맛이 아주 좋다고 칭찬했다.

9월 무렵에 김장용 배추를 심었다. 나는 배추를 열심
히 길렀다. 진드기가 생기지 않도록 약을 뿌리고, 결구
가 되기만을 빌었다. 엄마가 텃밭에 흥미를 잃을수록
나는 밭일에 집착했다.

가을이 오자 텃밭 주위에 안개가 자주 끼었다. 새벽
이 밝기 전 미리 텃밭에 가 잡초를 솎아내고 두둑을 정
비했다. 속이 찬 배추들이 텃밭에 가득했다. 모든 텃밭
을 통틀어 내가 기른 작물이 가장 잘 자랐다.

나는 이른새벽이면 밭 위로 무릎을 꿇었다. 커다란

배추 위로 이슬이 흘렀다. 차가운 바람 때문에 코끝이 시릴 즈음 고개를 숙였다. 코와 눈, 이마와 입술이 차례차례 흙에 닿을 때까지.

흙 알갱이가 입술 아래로 굴러다녔다. 안개가 서서히 걷혔다. 텃밭을 향해 사람들이 걸어왔다. 나는 배추를 수확해 집으로 돌아갔다.

변두리 헤테로토피아

이소(문학평론가)

1

여기 두 채의 집이 있다. 한 집은 2층에 젊은 여자 세 명이, 1층에 나이든 여자 한 명이 사는 서울의 오래된 다세대주택이고(「단지 그것을 위한 베개」), 다른 한 집은 엄마와 딸 둘이 사는, 뒤편에 개발 지구로 포함되지 않은 빈터가 보일 만큼 차마 중심가라고는 할 수 없는, 경기도 신도시 외곽에 자리잡은 신축 아파트다(「배추밭에 얼굴을 묻을 때」). 짝 없는 여섯 명의 여자들과 도시. 나는 비비언 고닉의 에세이를 떠올린다. 몇십 년 전의 미국이든 현재의 대한민국이든, 언제 어디서나 도시의, 아니, 도시 변두리의 정체성을 지닌 사람들이 있다. 어딘가 어설프고 어색한 자신의 모습을 의심하고 회의하면서도, 정확히 그와 같은 방식으로 자신의 존재를 확인하는 사람들. 자신을 일종의 부록 같은 것으로 실감하고야 마는 여자들이 있다.

> 늘 뉴욕에서 살았으면서도 나는 마치 큰 도시에 가 보는 게 소원인 소도시 주민처럼 살면서 꽤 긴 시간 동안 뉴욕을 그리워했다. [……] 사춘기에 막 접어들었을 무렵부터 세상엔 중심이라는 것이 있으며 나는 그로부터 한참 멀리 떨어져 있다는 걸 알았다. 동시에 그 중심이 지하철 한 번 타면 갈 수 있는 맨해튼 시내라는 것도 알았다.[1]

뉴욕을 서울로 바꿔도 마찬가지인 이야기, 대도시에 사는 사람일수록 납득하기 쉬운 이야기다. 서울은 하나가 아니라는 것, 내가 사는 서울과 유토피아로서의

---

1) 비비언 고닉, 『짝 없는 여자와 도시』, 박경선 옮김, 글항아리, 2023, 15쪽.

서울이 있다는 것쯤은 누가 알려주지 않아도 자연스럽게 알게 된다. 도시에서의 삶은 내가 사는 실제 도시와 유토피아로서의 도시로 자주 분열한다. 가끔 이 도시의 진정한 주인이 된 것 같은 순간이 없지 않지만, 대게의 시간은 구경꾼이나 방랑자로 살아갈 수밖에 없다. 이렇게 파열된 리듬이야말로 전형적인 도시의 감각이다. 반짝이는 것들 사이사이 빠진 구석 없이 빽빽하게 들어찬 허접쓰레기들 틈바구니에서, 다만 내 머리통 하나 누일 곳을 찾기 위해 고군분투하는 시간. 고닉의 책 제목을 살짝 비틀어, 짝 없는 여자들이 도시 변두리를 두리번거리는 시간이다. 그리고 이 어수선한 시간을 김혜빈의 소설 속 여섯 명의 여자들이 통과하고 있다.

2

푸코는 어디에도 존재할 수 없는 유토피아를 대신하여 현실에 구현된 장소, 유토피아의 조각을 품고 기묘하게 비틀린 모습으로 실재하는 장소를 헤테로토피아라고 불렀다. 사람들의 꿈속에서나 존재할 법한 완벽한 '정상성'과 '규범성'이 아닌, 그렇다고 그 꿈을 복제

한 사본이나 모사한 아류도 아닌, 완벽한 이상과 범속한 현실 사이 어디쯤 존재하는 "다른 모든 공간에 대한 이의제기"[2]로서의 장소. 때로는 '언캐니'한 광경처럼 보이기도 하고 때로는 불협화음처럼 거슬리는 소리를 내기도 하지만, 유토피아의 꿈과 디스토피아의 절망 모두를 반박하는 헤테로토피아는 어디든 건설될 수 있고 또 건설되어야만 한다. 어렵게 생각할 필요는 없다. 예컨대, 필요의 시간을 따라 흐르던 상품의 시간을 중단시키고 필요의 장소가 아닌 곳에 사물의 자리를 마련해주는 박물관과 미술관이 우리 시대의 대표적인 헤테로토피아라 할 수 있을 테니. 이와 유사한 장소는 어디서든 얼마든지 찾아볼 수 있다. 이 소설집에 등장하는 장소들, 그러니까 '유토피아-서울'이나 '유토피아-자연' 대신 변두리 아파트 단지 틈에 자리한 공터와 텃밭(「배추밭에 얼굴을 묻을 때」)이나, '유토피아-집'이나 '유토피아-가족' 대신 낡은 빌라에서 만난 짝 없는 여자들의 저녁식사(「단지 그것을 위한 베개」) 같은 것이야말로 변두리의 헤테로토피아라고 할 수 있다.

---

2) 미셸 푸코, 『헤테로토피아』, 이상길 옮김, 문학과지성사, 2014, 24쪽.

그러나 그것을 마냥 아름다운 오아시스로 상상해서는 곤란하다. 푸코가 말하는 헤테로토피아는 비밀스러운 기억과 기념품으로 가득한 좁다란 다락방, 엄마가 외출한 오후에 아이가 몰래 들여다본 엄마의 화장대, 세계를 압축해놓은 듯 온갖 상징으로 뒤덮여 꾸며진 동양의 정원처럼 신비로운 장소들을 가리키기도 하지만, 반대로 요양소, 정신병원, 감옥처럼 늙거나 병들거나 죄지은 자들을 수용하는 감금 시설, 성년이 된 남성들과 월경하는 여성들을 모아두는 군대와 오두막처럼 현실로부터 배제되고 격리된 장소, 결코 아름답다고는 말할 수 없는 장소들을 지시하는 것이기도 하다. 실재하는 장소지만, 모든 현실의 바깥으로서의 장소성을 지니는 곳. 천국도 지옥도 아닌 이곳에 관해 설명하기 위해서는 선악과 미추의 이분법 대신 실제와 비(非)실제의 변증법이 더욱 필요하다고 할 수 있는 셈이다.

　　그러니까 「단지 그것을 위한 베개」에서, 서로의 삶을 함께 돌보기로 다짐한 다희와 용인과 구나의 집을 헤테로토피아라고 부를 수 있는 것처럼, 지타가 "얼마간 눈이 머는 듯한 기분"으로 앉아 있던 "아름답고 쾌활한 빛"(38쪽) 속의 공항 벤치 역시 헤테로토피아라고 할 수 있다. 유토피아적 열망을 동력 삼아 무한히 현재를 갱신하는 SNS는 동시대의 헤테로토피아로서 분명한 기능을 담당하고, 그곳에 기생하는 대니처럼 매혹적인 사기꾼들은 지타 같은 사람들이 잠시나마 환상을 품은 채 공항으로 향할 수 있도록 맹활약하는 중이다. SNS와 공항만큼이나 우리 시대의 특징적인 헤테로토피아는 「배추밭에 얼굴을 묻을 때」에도 우글거린다. 엄마의 아름다운 무용수 시절이 박제된, 온갖 청춘들이 영원히 빛나는 얼굴로 재생중인 유튜브도 현실의 시간과 장소를 뒤트는 헤테로토피아고, 어디에서도 유토피아를 발견하지 못한 시내가 도망치듯 찾아간, "돈을 버는 곳에서는 찾을 수 없는 관용과 이해가"(69쪽) 존재하는 대학원이나, 사시를 교정하지 못한 호준이 "눈을 주위로 잘라내면 다시 자라"는 "감자처럼 묻히고 싶어"(70쪽) 피난처로 삼은 텃밭 역시 헤테로토피아라고 할 수 있다.

3

그렇다면 이 변두리 헤테로토피아와 맞닿아 있는 유

토피아는 어떤 모습을 하고 있을까. '유토피아-집'을 한번 상상해보자. 어느 나라에선가는 잔디가 깔린 앞마당에 큰 개를 키우는 교외의 주택을 떠올릴지도 모르겠지만, 오늘날 대한민국에서는 대체로 누구나 「배추밭에 얼굴을 묻을 때」의 엄마처럼 온갖 생활의 "인프라"가 잘 갖춰진 중심가의 "대장 아파트"(61쪽)에서 부부와 자녀로 이루어진 가족이 사는 '집'을 떠올릴 것이다. 그 아파트가 "이름 있는 건설사에서 지은 브랜드 아파트"(62쪽)라면 더 말할 나위가 없다. 이제 그 '집'을 실제 주거 환경과 관련된 하우스(house)의 측면과 거주하는 사람들의 정서와 관련된 홈(home)의 측면으로 나누어 생각해보면, 우리에게 '유토피아-집'이란 하우스와 홈이 최상의 상태에서 영원히 결합된 '집'임을 알 수 있다. 그러나 그런 것을 본 적이 있나. 그런 것이 과연 존재할 수 있나.

'집'에서 하우스와 홈의 관계는 언제나 구성적인 동시에 가변적이고, 최상의 상태로 영구히 고정된 '집'이란 존재할 수 없다. '유토피아-집'은 실재할 수 없기에 유토피아고, 결국 우리가 만들어낼 수 있는 건 복잡하게 뒤엉킨 채로 유동하는 '헤테로토피아-집'일 뿐이다. '유토피아-도시' 역시 마찬가지다. 우리는 '헤테로 토피아-도시'에서 살며, 아마도 그 도시는 언제나 변두리의 정체성을 품고 있을 것이다. 삶이란 헤테로토피아가 범람하는 동시에 금세 사그라져버리는 울퉁불퉁한 연쇄 같은 모양을 하고 있을지도 모르겠다. 뭐 그리 대단한 걸 바란 것도 아닌데, 단지 내 머리에 꼭 맞게 길이 든 베개 하나, 그저 내 몸뚱이 편히 누일 땅 한 뼘 바랐을 뿐인데. 내게 어울리는 자리 하나 찾는 일이 이다지도 만만치 않고, 안타깝게도 그 만만치 않은 일은 삶이 끝나는 순간까지 완료되지 않을 것이다.

앞으로도, 지타의 삶을 견딜 만한 것으로 바꿔주는 마법 같은 클래식 음악은 2층의 세 여자에겐 규칙적으로 들려오는 소음에 불과할 것이다. 마찬가지로, 세 여자가 함께하는 즐거운 저녁식사 시간은 1층의 지타에게 냄새와 소음의 침범으로 느껴질 것이다. 헤테로토피아는 현실에 실재하고 그렇기에 타인에게 어떠한 방식으로든 영향을 미치지 않을 수 없다. 심지어, 시내가 호준의 도움을 받아 텃밭에 애정을 기울이게 되자 정작 호준은 어디론가 사라져버리고 마는 것처럼, 나의 헤테로토피아가 타인의 헤테로토피아를 밀어낼 수도 있을 것이다. 그러나 그럼에도, 아니 바로 그렇기에, 삶은 언제나 뒤섞이는 방식으로 변형되며 지속된다. 지타에게는 2층의 대화 소리가 배경음이 되고 세 여자에게는 지타가 틀어둔 음악이 배경음이 되는 것처럼, 서로가 서로에게 소음이자 배경음이 되는 그런 방식으로 네 사람이 "여느 날과 같이 함께"(41쪽)할 것이다. 비록 자신의 삶은 실감할 수 없을지라도 "호준의 진짜 살아 있는 거 같은 삶이 무엇인지 알고 싶어"(72쪽), 시내는 기꺼이 흙에 얼굴을 파묻으며 텃밭에 남을 것이다. 삶은 유토피아에 기대고 현실에 반박하며, 동시에 유토피아에 반박하고 현실에 기댄다. 변두리 헤테로토피아에서 질기고 소란스럽게 이어지는 것, 그렇게 우리의 삶과 김혜빈의 소설이 정확히 같은 자리에 놓여 있다.

작가의 말

새 작품을 쓸 때마다 궁금해집니다. 나는 어쩌다가 이 인물들을 적게 됐을까? 다음 작품에서는 또 무엇을 적게 될까?

사람들에게는 저마다의 머릿속 필터가 있어서 어떤 마음은 걸러지고 어떤 마음은 남습니다. 이 두 개의 단편은 작년 말, 남은 마음을 뭉친 끝에 탄생했습니다. 덕분에 봄을 즐겁게 보냈고, 찾아온 여름 역시 기쁜 마음으로 맞이했습니다.

올여름 시급한 문제는 이런 것입니다. 선풍기를 틀면 춥고, 끄면 덥습니다. 옷을 껴입고 선풍기 바람을

맞고 있으려니 '현타'가 찾아옵니다. 어떻게 하면 좋을지 알 수 없는 문제를 두고 어떻게 하면 좋으냐고 자꾸만 묻는 게 삶이라고 생각하지만, 이렇게 해도 저렇게 해도 답이 없으니 난감합니다. 시원하겠지…… (달칵) 아 춥구나 (달칵) 아 덥구나…… (달칵) 아…….

이렇게 선풍기 앞에서 쩔쩔매고 있다보면 저절로 소설 생각이 납니다. 말도 안 되는 걸 또 소설에 가져다붙이는군……, 이라고 생각하셔도 어쩔 수 없습니다.

소설의 본령이란 결국 손에 쥔 것이나 흩어져버린 것을 추적하지 않고, 그것을 쥐려고 했던 마음, 그리고 흩어지고 남은 것들을 좇는 것 같은데, 정말 그런가요? 그렇게나 올곧은 게 소설입니까? 그렇다면 나는 소설을 쓸 수 없는데요. 내가 생각하는 소설은 음침하고 더럽고 그래서 아름다운 것인데.

그래서 다음에는 음침하고 더러운 마음, 그래서 징그럽고 귀여운 마음을 적어보려고 합니다. 우리가 또 만나기를 진심으로 바랍니다.

2024년 여름의 초입에서
김혜빈

김혜빈

2023년 〈동아일보〉 신춘문예를 통해 작품활동을 시작했으며, 같은 해 박화성소설상을 수상했다. 장편소설 『캐리어』 『그라이아이』, 소설집 『하지의 무능한 탐정들』(공저) 『SF 보다 Vol. 4 그림자』(공저) 등이 있다.

단지 그것을 위한 베개

초판 1쇄 인쇄 2024년 12월 13일
초판 1쇄 발행 2024년 12월 23일

지은이 김혜빈

편집 이경숙 정소리 ┃ 디자인 윤종윤 이주영
마케팅 김선진 김다정 ┃ 저작권 박지영 형소진 최은진 오서영
브랜딩 함유지 함근아 박민재 김희숙 이송이 박다솔 조다현 배진성 이서진 김하연
제작 강신은 김동욱 이순호 ┃ 제작처 영신사

펴낸곳 (주)교유당 ┃ 펴낸이 신정민
출판등록 2019년 5월 24일 제406-2019-000052호

주소 10881 경기도 파주시 회동길 210
문의전화 031.955.8891(마케팅), 031.955.2692(편집), 031.955.8855(팩스)
전자우편 gyoyudang@munhak.com

인스타그램 @gyoyu_books ┃ 트위터 @gyoyu_books ┃ 페이스북 @gyoyubooks

ISBN 979-11-93710-98-2 03810

이 책은 경기도, 경기문화재단의 지원을 받아 발간되었습니다.